AF502073

INVENTAIRE
Ye 26999

ANDRÉ LEMOYNE

Chemin perdu

La Fée des Pleurs. — Renoncement

l'Hôtelier de Saint-Hubert

Quatrième édition

FIRMIN DIDOT

1863

Chemin perdu, etc.

Typographie de H. Firmin Didot.
Mesnil (Eure).

ANDRÉ LEMOYNE

Chemin perdu

La Fée des Pleurs. — Renoncement

L'Hôtelier de Saint-Hubert

QUATRIÈME ÉDITION

FIRMIN DIDOT

1863

LA FÉE DES PLEURS.

LA FÉE DES PLEURS.

A JULES LEVALLOIS.

Vous souvient-il encor des Écritures saintes?
Avez-vous contemplé ces vierges aux grands cils
Qui par Jean de Fiesole, au Val d'Arno, sont peintes,
Détachant sur fond d'or leurs mystiques profils?

Pour faire le portrait de madame Aurélie,
Il me faudrait l'art pur du maître florentin
Qui de la Renaissance a charmé le matin,
Aurore de printemps sous le ciel d'Italie.

Un air de bienvenue éclaire sa beauté,
Mais sa marche révèle une grâce de reine.
Comme un ruisseau d'argent, par sa limpidité,
Sa voix, presque enfantine, enchante et rassérène.

Une ingrate pensée, au sourire moqueur,
De ses lèvres jamais n'a troublé l'harmonie.
Son beau regard jaillit d'une source bénie,
Et repose la vue en apaisant le cœur.

On se plaît à revivre aux époques lointaines
Où, la jarre à la main, des filles de pasteurs,
Conduisant les troupeaux d'Israël aux fontaines,
Gardaient des fils de rois sept ans pour serviteurs.

A l'aube d'un jour bleu, jour de Pâques fleuries,
Elle est née, — à Paris (voilà vingt ans demain);
A l'heure où les croyants du faubourg Saint-Germain
Écoutent le réveil des claires sonneries.

Quand on leur dit son nom, si doux à prononcer,
Pour avoir un baiser de ses lèvres vermeilles,
De beaux groupes d'enfants accourent l'embrasser,
Comme à l'églantier rose accourent les abeilles.

Plus d'une vieille femme, ignorant l'alphabet,
Mais sachant, par lambeaux, quelque pieuse histoire,
En la voyant venir, cherche dans sa mémoire :
« Est-ce la reine Blanche, ou sainte Élisabeth ? »

Ému de la jeunesse et de la bonne grâce
De cette étrange fée aux yeux pleins de rayons,
Le vieux pauvre, ébloui quand sa charité passe,
Sent un cœur de vingt ans rire dans ses haillons.

Si la rue est trop sombre, ou l'escalier, — qu'importe !
Son pied monte aussi haut que le pied peut monter.
Elle apparaît sans bruit, donnant l'or sans compter,
Comme un soleil d'avril aux fentes de la porte.

Son génie indulgent, simple dans sa grandeur,
Ignore le secret de ces froides enquêtes
Qui des infortunés irritent la pudeur :
Quand la douleur est vraie, elle sait qui vous êtes.

De loin, elle pressent la région des pleurs,
Le plus obscur réduit, la plus humble soupente ;
Sœur des liserons blancs dont la vrille grimpante
Dans un œil de lucarne épanouit ses fleurs.

Le monde la croit veuve. — Il est des âmes fortes,
Gardant le souvenir d'un grand bonheur défunt,
Comme un chêne, l'hiver, garde ses feuilles mortes,
Et le rameau d'un cèdre abattu, son parfum.

L'amour a pris en elle un divin caractère,
Comme un grain d'encens pur embaumé par le feu :
Sur les êtres créés à l'image de Dieu,
Il répand les trésors de son cœur solitaire.

OU SONT-ILS?...

OU SONT-ILS?...

A M. PAUL DIDOT.

Où sont les habitants de la maison déserte?...
Voilà quinze ans déjà qu'au tomber de la nuit,
La famille à la hâte a disparu sans bruit...
On n'a pas vu depuis une fenêtre ouverte.

Où sont-ils, les heureux d'autrefois?... où sont-ils?...
N'entendant plus monter ni descendre personne,
Aucune voix qui parle, aucun timbre qui sonne,
L'araignée, en maîtresse, a suspendu ses fils.

Ah ! qu'elle est triste à voir, cette maison fermée !
Quel ténébreux silence ! et quel froid abandon !
L'ortie au pied des murs, la ronce et le chardon...
Et sur les toits jamais un ruban de fumée.

On voit encor des nids, mais d'une autre saison,
Où vinrent s'entr'aimer des couples d'hirondelles.
Les couples d'à présent passent à tire-d'ailes,
Devinant qu'un malheur a touché la maison.

Adieu les belles fleurs au temps jadis écloses !
Adieu les papillons de soie et de velours !
L'herbe haute envahit les jardins et les cours,
Et, voilant le soleil, elle étouffe les roses.

Au dehors tout est morne... au dedans tout est noir.
Qu'un rayon du couchant perce un trou des fenêtres,
Dans leur cadre étonnés, les vieux portraits d'ancêtres,
A sa demi-lueur, ont peine à s'entrevoir.

Que, dans un salon vide, une corde se brise,
La corde d'une harpe ou d'un piano dormant,
L'écho surpris répond presque aussi gravement
Qu'un son d'orgue, la nuit, dans une grande église.

Tous les petits grillons, frileusement blottis,
Qui, le jour de Noël, avaient le cœur en joie,
Ne voyant plus, l'hiver, de sarment qui flamboie,
Pour un autre foyer tristement sont partis.

(20 janvier 1858.)

RENONCEMENT.

2.

RENONCEMENT.

A M. JULES CASTAGNARY.

I

Quand pour elle a sonné le glas de la trentaine,
Plus d'une femme rêve, après la nuit d'un bal,
A la solennité de ce chiffre brutal
Qui donne à sa jeunesse une date lointaine.

Un froid analyseur pourrait-il définir
Le supplice inconnu des arrière-pensées,
A cette heure suprême où les choses passées
D'une lueur étrange éclairent l'avenir?

« Trente ans ! — se dit la femme en achevant le compte
Sur ses doigts effilés. — J'ai trente ans révolus...
Les plus riches feuillets de mon livre sont lus...
Comment finira-t-il ?... Est-ce un rêve ?... est-ce un conte ?

« Le plus beau de la vie est au commencement,
Répète à l'unisson la parole des sages ;
Je cherche dans la mienne où sont les beaux passages :
J'ai vécu... je ne sais ni pourquoi ni comment.

« Quand je verrais encor les cent ans qui vont suivre,
Si les soleils futurs, comme les vieux soleils,
Me ramènent des jours si constamment pareils,
Je finirai mon siècle en oubliant de vivre.

« A Paris, le théâtre et la danse l'hiver ;
Et toujours en été la même promenade :
J'ai pris plus de vingt fois les eaux d'Ems et de Bade,
Et fatigué ma vue à regarder la mer.

« Je sais de chaque église et la messe et le prône;
Et, comme un laboureur son grain dans les sillons,
Comme un soleil de juin ses opulents rayons,
Les deux mains pleines d'or, j'ai fait pleuvoir l'aumône.

« Quand fumait l'encensoir des beaux enfants de chœur,
Les prêtres m'ont chanté leurs saintes litanies,
Et l'orgue m'a versé des torrents d'harmonies;
Mais rien n'a pu combler l'abîme de mon cœur.

« J'ai passé l'âge heureux où l'on voit tout en rose,
Et l'âge encor naïf où l'on voit tout en noir;
Sérieuse à présent, j'ai le malheur de voir
Partout la teinte grise, uniforme et morose.

« Ce bonheur idéal, cet amour tant rêvé
Qu'à l'ombre des couvents les pauvres jeunes filles
Aperçoivent de loin en regardant aux grilles,
Je l'avais cru possible... et ne l'ai pas trouvé...

« Depuis bientôt douze ans que je suis mariée,
Je savoure à pleins bords la coupe de l'ennui :
Frère d'Hier, Demain est frère d'Aujourd'hui...
Hélas! la ligne droite est si peu variée!...

« Si j'essayais l'amour dont je n'ai pas goûté!...
Si je laissais tomber mes pauvres ailes d'ange!...
Et si, comme un enfant qui dévore une orange,
J'assouvissais ma soif au fruit d'or enchanté!...

« Je n'aurais qu'à vouloir, — car je suis vraiment belle ; —
Pour éblouir l'essaim des papillons errants,
De mes grands yeux d'azur, astres indifférents,
Je n'aurais qu'à laisser jaillir une étincelle.

« Ah! parfois, quand je pense à la fuite des jours,
Je porte presque envie aux folles créatures
Qui, voulant autrefois de l'or à leurs ceintures,
Suivaient le tourbillon des rapides amours.

« Même fin, après tout. — La femme au cœur fragile,
Et la femme au cœur fort qui vécut chastement,
Côte à côte aujourd'hui dorment également
Sous les grands cyprès noirs, dans leur fosse d'argile. »

II

Vous ne descendez plus, comme aux temps d'Israël,
Beaux anges pèlerins des légendes antiques;
Repliant pour jamais vos deux ailes mystiques,
Vous avez disparu dans les hauteurs du ciel.

Contre l'Esprit du mal qui pourra nous défendre,
Dans ces rudes combats de l'austère devoir?...
Est-ce une force humaine, un terrestre pouvoir?...
Silence... En tressaillant, la femme vient d'entendre

Une voix, que d'abord elle écoute en songeant,
Comme un écho profond du cœur qui se réveille...
Mais la voix se rapproche... elle chante à l'oreille
Ainsi qu'un timbre pur de cristal ou d'argent :

C'est l'appel ingénu d'une petite fille
Qui descend du berceau, voyant qu'on l'oubliait...
Elle entr'ouvre la porte, et, d'un air inquiet,
Pieds nus sur le tapis, demande qu'on l'habille.

La mère l'aperçoit, l'enferme dans ses bras,
L'étouffant de baisers dans ses chaudes étreintes;
Et de son cœur déborde un flot de larmes saintes...
Son enfant la regarde et ne la comprend pas;

Mais un sublime instinct lui dit qu'il faut se taire...
Dans ces pleurs convulsifs, dans ces baisers de feu,
Elle a senti passer quelque chose de Dieu,
Et, sans le pénétrer, devine un grand mystère...

Comme on voit lentement se relever les fleurs
Après l'orage, ainsi la femme se relève :
« Enfant, pardonne-moi ; je sors d'un mauvais rêve, »
Répond-elle tout bas, souriant dans ses pleurs.

Une divine paix rassérène son âme.
Le sacrifice est fait ; le grand combat fini.
La victime a pleuré dans son Gethsémani,
Mais la mère triomphe... elle a vaincu la femme.

(20 novembre 1858.)

ECCE HOMO.

ECCE HOMO.

A M. AMBROISE DIDOT.

On rencontre parfois des hommes dans la vie;
J'en ai vu quelques-uns dans notre âge de fer :
Pas une haine au cœur, pas une ombre d'envie,
Et le monde ignorait ce qu'ils avaient souffert.

Un front vieilli trop jeune et des lèvres plissées
N'avaient pas enlaidi d'un faux sourire amer
Leur visage éclairé par de belles pensées,
Pures comme le ciel, grandes comme la mer.

Ils ne ressemblaient pas à d'ennuyeux stoïques,
Traîneurs de robe longue à larges plis bouffants.
C'étaient des gens naïfs, simplement héroïques,
Que les femmes aimaient, et qu'aimaient les enfants.

Ils étaient aussi doux qu'un verset d'Évangile
Murmuré dans la nuit par un pauvre qui dort;
Ils étaient aussi doux qu'un beau vers de Virgile;
Ils parlaient aussi bien que saint Jean Bouche d'or.

Quand ils ouvraient leur main et leur âme loyale,
Leur front resplendissait d'une austère beauté.
Ils avaient dans la marche une aisance royale,
Souverains de la grâce et de la majesté.

Le froid ricanement des rhéteurs prosaïques
N'intimidait en rien leur pure et chaste foi.
C'étaient les hommes forts des vieux temps hébraïques,
Sous le sayon du pâtre ou le manteau du roi.

Ils gardaient jusqu'au bout le courage du rôle.
De leurs yeux jaillissait un sublime rayon.
Ils ne portaient parfois qu'un haillon sur l'épaule,
Mais savaient noblement se draper du haillon.

Ils auraient eu chez eux tout l'or de l'Australie,
Qu'ils auraient tout donné du jour au lendemain :
De la miséricorde ils avaient la folie...
Et l'or, par tous les doigts, s'échappait de leur main.

Si, parfois, jalousant ces grands hommes tranquilles,
Les riches de la veille, à l'esprit indigent,
Les traitaient d'insensés, de rêveurs inutiles,
Ils avaient pour réponse un sourire indulgent.

Que, dans ses mauvais jours, grondât la multitude,
Ils offraient leur poitrine à qui voulait du sang...
Mais au regard du maître, à sa fière attitude,
Le peuple obéissait comme un chien caressant.

Ils mouraient oubliés dans un coin de la ville.
Le corbillard du pauvre emportait le cercueil.
Ceux qu'ils avaient sauvés de la guerre civile
N'avaient pas seulement une larme dans l'œil.

Qu'importe ! ils s'en allaient où s'en vont tous les justes...
Des plus illustres morts la foule ouvrait ses rangs
Pour faire un digne accueil à ces défunts augustes...
Et chacun s'étonnait de les trouver si grands.

(20 mars 1857.)

L'ABSENT.

L'ABSENT.

A M. F. BARRIÈRE.

LE FILS.

Mère, te souvient-il que nos vieux sapins verts
Berçaient au vent du nord leurs grands festons de neige
Quand mon père est parti (voilà bien des hivers!).
Pour les pays lointains?... Bientôt l'embrasserai-je?

LA MÈRE.

Je l'ignore, mon fils.

LE FILS.

Mère, à nous pense-t-il,
Ainsi que nous à lui?... Pourquoi ces longs voyages?

Voit-il sous d'autres cieux de plus beaux paysages,
De plus riches soleils?...

LA MÈRE.

Ton père est en exil...

Aux pays où l'on parle une langue étrangère,
Il voit de beaux enfants qui ne sont pas à lui;
Il n'a pas un ami, pas de sœur, pas de frère. —
Il monte chaque soir à l'escalier d'autrui.

A son foyer jamais personne qui l'attende!
Il ouvre sa fenêtre, il écoute la mer,
Et regarde en pleurant son immense désert...
Ah! dans son cœur alors la solitude est grande.

LE FILS.

Et n'espère-t-il pas être un jour consolé?

LA MÈRE.

L'espérance meurt vite au cœur d'un exilé.

LE FILS.

Ma mère, est-ce pourquoi, triste comme les veuves,
Tu ne mets plus jamais tes belles robes neuves,
Et tu ne chausses plus tes souliers de satin?
Où sont tes bracelets, tes jupes à dentelles?
Tu ne vas plus au bal, toi belle entre les belles,
Et tu veilles bien tard près d'un feu qui s'éteint.

LA MÈRE.

Ah! si Dieu veut qu'un jour le pauvre absent revienne,
Qu'il trouve ici l'enfant sans que la mère y soit,
Tu diras que jamais d'autre main que la sienne
N'a touché l'anneau d'or qu'il a mis à mon doigt.

(21 septembre 1856.)

UNE LARME DE DANTE.

UNE LARME DE DANTE.

...Mentem mortalia tangunt.

A M. LAURENT PICHAT.

Non loin de Notre-Dame, un soir du moyen âge,
Deux voyageurs, vêtus d'un costume étranger,
Demandaient, pour la nuit, qu'on les pût héberger; —
L'un jeune, l'autre vieux, — las d'un rude voyage.

L'hôtelier leur jeta son méfiant coup d'œil :
Cet étrange vieillard, qui donc pouvait-il être?
Il portait bien l'épée, avait l'habit d'un prêtre,
Et de la tête aux pieds racontait un grand deuil.

4.

Sa robe qui tombait comme un long scapulaire,
Son froid visage pâle et son chaperon noir
Dès l'abord glaçaient l'âme... on se figurait voir
Un moine ayant levé sa dalle tumulaire.

En homme réfléchi, néanmoins, l'hôtelier,
Qui n'avait de longtemps logé de pareils hôtes,
Détacha du trousseau la clef des chambres hautes
Et devant eux monta par un sombre escalier.

Il demanda, suivant sa coutume prudente,
Le pays et le nom de ces deux voyageurs
Qui montaient sans mot dire et semblaient tout songeurs :
Ils étaient Florentins, le vieux se nommait Dante.

La chambre où l'on entra datait d'un siècle au moins.
Le plancher sans tapis, les murs sans boiserie
Exhalaient une odeur de vieille hôtellerie ;
L'araignée y tramait sa toile à tous les coins.

Dans ces temps de misère et de guerres civiles,
Entre ces quatre murs délabrés, froids et nus,
Peut-être avaient dormi d'illustres inconnus,
Qui s'en allaient alors tristement par les villes.

Le vieillard et l'enfant, tous deux endoloris,
Mais avares du jour qui semblait disparaître
Dans la brume d'hiver, ouvrirent la fenêtre...
Dante courbé plongea son regard dans Paris.

Il promena d'abord sa vue indifférente
Sur les gens affairés qui fourmillaient en bas :
Clercs, marchands, écoliers ; — il ne reconnut pas
Un seul habit toscan dans cette foule errante.

Puis, entre des palais et des maisons de bois,
Il aperçut un fleuve au cours mélancolique,
Et, dominant au loin la cité catholique,
Une forêt de tours, de clochers et de croix

Il chercha le soleil. — Sa lumière amortie
Pour le poëte en deuil n'eut pas un rayon d'or;
Le globe descendait ainsi qu'un astre mort,
Froid comme un clair de lune et blanc comme une hostie.

Un timbre sourd frappa l'heure où le jour s'éteint,
Comme pour assombrir ses mornes rêveries...
Ce n'était pas la voix des claires sonneries
Dont la joie éclatait sous le ciel florentin.

Là-bas, vers l'Orient, là-bas, à trois cents lieues,
Les cloches, tressaillant dans leurs clochers à jour,
Envoyaient aux échos des cantiques d'amour,
Parmi l'encens des fleurs, dans les montagnes bleues.

Là-bas, tout empourpré par les rougeurs du soir,
L'Arno se déroulait dans un chaud paysage...
Dante vit rayonner cette lointaine image
Dans son cœur... comme au fond d'un funèbre miroir.

Il joignit ses deux mains... (sur sa joue amaigrie
Une larme roulait)... Sa tête se pencha...
L'enfant qui le suivait tout ému s'approcha,
Et, de sa douce voix, parla de la patrie :

« Vous qui gardez au cœur la foi, la charité,
Maître, n'y laissez pas s'éteindre l'espérance.
Un jour (ah! croyez-moi) nous reverrons Florence;
Et, comme les jours saints, ce jour sera fêté.

« Les cloches de Fiesole et de Sainte-Marie
Vous chanteront encor d'éclatants *Lætare.*
Ah! voilà bien longtemps que vos yeux n'ont pleuré,
Mais la source des pleurs ne s'était pas tarie... »

« Tais-toi, dit le vieux Dante, ils auraient trop d'orgueil,
Les Noirs, s'ils me savaient pleurant comme une femme. »
Et, rentrant son enfer de douleurs dans son âme,
Il sécha brusquement sa larme dans son œil.

(1er mars 1858.)

STELLA MARIS.

STELLA MARIS.

A M. J. MOREL.

LE MARIN.

Étoile du marin, si haute dans les cieux,
Toi douce à contempler comme un regard de femme,
Vois-tu le cher pays que toujours voit mon âme,
Et que depuis longtemps n'ont pas revu mes yeux ?

Là, de sa voix d'argent, tinte une cloche ancienne
Qu'on entend sur la mer quand sonne l'Angélus ;
C'est un bourg de pêcheurs près de Saint-Jean-de-Luz.
Dans ses pauvres maisons ne vois-tu pas la mienne ?

Chère étoile si haute et regardant si loin,
Au bas des grands rochers tu dois la reconnaître.

L'ÉTOILE.

Je la vois... je vois même, à travers sa fenêtre,
La petite clarté d'une lampe qui point.

Une femme, en rêvant, file sa quenouillée
Près d'un garçon qui dort, mais d'un sommeil d'oiseau.
Elle quitte parfois sa laine et son fuseau,
Et sur le bel enfant se penche émerveillée.

Il vient de s'endormir au bruit d'une chanson :
Sa bouche a la fraîcheur des coquillages roses;
De ses premières dents les perles sont écloses.
Il a de grands cils noirs, le vigoureux garçon.

La mère, dans son fils, croit trouver ton image.
La moitié de son cœur est là, dans un berceau.

LE MARIN.

Et son autre moitié?...

L'ÉTOILE.

L'autre moitié voyage,
Essayant sur les mers de suivre ton vaisseau.

LE MARIN.

Quand Dieu laissera-t-il les heureux vivre ensemble?...
Me diras-tu le jour qui nous doit réunir?
Tu ne l'ignores pas, toi qui sais l'avenir...
Mais tu ne réponds rien... ton pâle rayon tremble,

Et dans le fond du ciel paraît s'enténébrer...

L'ÉTOILE.

L'avenir... ah! je crains de toucher à son voile!

LE MARIN.

Si l'avenir est noir, mystérieuse étoile,
Je suis fort...

L'ÉTOILE.

Prions Dieu... Ton vaisseau doit sombrer.

Dans le dernier combat d'une guerre lointaine,
Tu mourras... mais frappé d'une balle en plein cœur.
Collant ta lèvre sainte à ton drapeau vainqueur,
Tu descendras en mer avec ton capitaine.

LE MARIN.

Amen. C'est bien mourir...

L'ÉTOILE.

Ton fils aura grandi
Quand ta veuve là-bas apprendra la nouvelle,
Tard, bien tard, dans quinze ans...

LE MARIN.

Comment la saura-t-elle?

L'ÉTOILE.

Au coucher du soleil, le soir d'un vendredi,

Voyant le flot descendre, après un grand orage,
La pauvre femme aura comme un pressentiment...
Interrogeant des yeux mer et ciel tristement,
Son chapelet en main, elle ira sur la plage.

En faisant pour les morts le signe de la croix,
Elle reconnaîtra les restes d'un naufrage :
De longs débris parlant des marins d'un autre âge,
Et racontant les pleurs des veuves d'autrefois.

Puis elle apercevra, sous la frange des lames,
Ton médaillon béni le jour de votre adieu...
Sa belle âme aussitôt s'en ira droit à Dieu,
Qui, pour l'éternité, fiança vos deux âmes.

(10 novembre 1857.)

LE POËTE ET L'HIRONDELLE.

LE POËTE ET L'HIRONDELLE.

LE POËTE.

Voici venir l'automne, hirondelle frileuse.
Bientôt s'effeuilleront mes rosiers défleuris.
Un ciel brumeux et noir s'étendra sur Paris,
Et tu me quitteras, petite voyageuse.

Hirondelle, où vas-tu quand tu me dis adieu?

L'HIRONDELLE.

Je passe tous les ans la Méditerranée.
J'habite, sur un fleuve, une île fortunée
Où la pervenche est rose et le nymphæa bleu.

LE POËTE.

Ah ! quand s'achèvera ton voyage tranquille,
Dans mon triste Paris, moi, j'aurai froid au cœur;
Et je souffrirai seul dans cette grande ville
Où je n'ai plus de mère et n'ai pas une sœur.

L'HIRONDELLE.

Poëte, pour t'aimer, n'est-il pas une femme?

LE POËTE.

Souvenir d'autrefois... la femme que j'aimais
Dort sous les gazons verts qu'ombragent les cyprès.

L'HIRONDELLE.

Jamais un autre amour n'éclora dans ton âme?
Aux branches des rosiers, quand une rose meurt,
Parfois j'ai vu renaître une rose nouvelle
Qui sur la même branche épanouit sa fleur.

LE POËTE.

Bénis soient tes amours, bienheureuse hirondelle !
Moi, j'ai connu, dans l'ombre et la fraîcheur des bois,
Des plantes qui jamais n'ont fleuri qu'une fois.

(26 avril 1856.)

NOVEMBRE.

NOVEMBRE.

LE FILS.

Quand le froid des hivers chasse les hirondelles
Loin de notre pays, ma mère, où s'en vont-elles?

LA MÈRE.

Mon fils, d'un vol rapide, elles passent les mers,
Et retrouvent ensemble, après un long voyage,
Un ciel bleu, du soleil et de grands arbres verts.

LE FILS.

Mère, il est donc là-bas un paisible rivage
Où ne grondent jamais les tristes vents du nord?

LA MÈRE.

Oui. — Là-bas le printemps sourit aux hirondelles;
Là-bas les jours sont beaux, là-bas les nuits sont belles;
Là-bas la rose blanche a des fleurs immortelles,
Et la vigne toujours garde ses raisins d'or.

LE FILS.

O ma mère, si Dieu nous eût donné des ailes,
Nous partirions tous deux comme les hirondelles! —
J'ai froid. — Pour nous bientôt le soleil s'éteindra.
Ma mère, prions Dieu de nous donner des ailes.

LA MÈRE.

Enfant, console-toi. — Dieu nous en donnera.

VIEUX RÊVES.

VIEUX RÊVES.

Il est de noirs îlots, battus par la tempête,
Qui n'ont pas d'arbre vert, qui n'ont pas une fleur.
Sur des pics désolés souffle un vent de malheur.
Là, pour faire son nid, pas d'oiseau qui s'arrête.
La mer, rien que la mer, et sa grande rumeur...

Le froid soleil du Nord qui regarde ces plages
Y retrouve parfois, à l'heure des jusants,
Dans le sable engravés, pêle-mêle gisants,
Des tronçons de vieux mâts, restes d'anciens naufrages
De longs clous de vaisseau tout rongés par les âges,
Des crânes de marins morts depuis cinq cents ans.

Il est de pauvres cœurs, dans le désert du monde,
Condamnés à vieillir sans jamais être aimés.
Le monde n'y voit rien : ces cœurs-là sont fermés.
Dieu seul peut les connaître; et, quand son œil les sonde,
Il n'aperçoit au fond que stériles débris :
Et les rêves déçus... et les espoirs flétris...

(1er juin 1857.)

VIEILLE GUITARE.

VIEILLE GUITARE.

A M. ALFRED GUERARD.

Le désœuvré qui flâne aux ventes à l'encan
Voit encore exhiber de ces vieilles guitares
Qui chantèrent l'amour autrefois... Dieu sait quand!...
Les chevilles s'en vont, et les cordes sont rares.

On aperçoit le cuivre aux anciens fils d'argent,
Et la touche d'ivoire est absente ou jaunie.
Sous le toit d'un grenier, quelque rat négligent
A maculé parfois la table d'harmonie.

Le débris du vieux temps passe de main en main,
Sous les regards moqueurs, la moue injurieuse,
Objet d'un dédaigneux et rapide examen...
On aime à plaisanter la chose curieuse.

Ah! les fins quolibets qu'on débite à l'entour!
On chantonne à mi-voix des lambeaux de romance;
On demande quel fut l'honnête troubadour
Qui soupira le nom de Palmyre ou d'Hermance.

Chacun à sa façon, pour être original,
Sur le pauvre instrument fait son geste ou sa phrase :
L'expert laisse éclater son gros rire banal;
Les muets ont aussi leur silence qui jase.

Par malheur, la guitare a glissé brusquement
Des mains d'un maladroit, et tombe sur les dalles...
Tout le monde est surpris d'un sourd gémissement
Qui réveille l'écho vibrant des hautes salles,

Longe les murs déserts des sombres corridors,
Et s'en va, tout plaintif, se perdre au fond des caves...
Ce n'est rien... mais chacun frissonne et pense aux morts.
On écoute expirer lentement les sons graves.

On ne se moque plus des galants trépassés,
On ne plaisante plus les vieilles amoureuses,
Dont peut-être aujourd'hui les ossements glacés
Sont unis dans la paix des fosses ténébreuses.

(20 juin 1858.)

FLEUR DES MORTS.

FLEUR DES MORTS.

A M. THÉODORE DE BANVILLE.

J'entends les curieux dire : « Quel âge a-t-elle ? »
Vienne la mi-novembre, elle aura quarante ans.
Peu de femmes ont vu la Saint-Martin si belle ;
Et l'automne rendrait jaloux bien des printemps.

Par un sang riche et pur sa lèvre est carminée.
Jamais un grain de fard n'a refleuri son teint.
Elle n'a jamais eu la gorge enfarinée
Pour se faire au pastel une chair de satin.

Le caprice du Temps l'a si peu chiffonnée,
Qu'en donnant au miroir son coup d'œil du matin,
De sa longue jeunesse elle semble étonnée :
Pas une dent perdue, et pas un cheveu teint.

Elle a pourtant vécu jour et nuit dans la joie;
Elle a reçu les rois du monde officiel;
Plus d'un saint personnage, en douillette de soie,
A pris son escalier pour le chemin du ciel.

Sa marraine était bien la Fantaisie ailée
Qui porte un cœur léger, — cœur tout peuplé d'oublis.
Pour noyer les serments de sa bouche emperlée,
Elle a bu les flots d'or du Grave et du Chablis.

En gaspillant sa vie, et se croyant heureuse,
Elle a ri quarante ans... Elle pleure à son tour.
C'est la première fois qu'on la dit amoureuse...
Elle aime et n'ose pas laisser voir son amour.

Car son amour ressemble aux fleurs de cimetière :
Riches sont les parfums, et riches les couleurs,
Mais la foule des morts gît à cinq pieds sous terre,
Et souvent on répugne à respirer ces fleurs.

IN EXCELSIS.

IN EXCELSIS.

A M. LOUIS MOLAND.

LES HIRONDELLES.

Quel est votre pays, beaux voyageurs du ciel
Qui, défilant si haut, fuyez à tire-d'aile?

LES CYGNES.

Le pays où fleurit le myrte et l'asphodèle,
L'Orient. — Nous quittons la Grèce et l'Archipel.

LES HIRONDELLES.

Et vous allez au nord?...

LES CYGNES.

Oui, revoir la Norvége.
Nous aimons ses grands pics éblouissants de neige ;
Nous aimons leur image au fond des étangs bleus.
Mais la nuit va tomber... Salut, oiseaux frileux.

LES HIRONDELLES.

Pourquoi passez-vous donc loin de nos grandes villes ?

LES CYGNES.

Pourquoi nous arrêter ?... Nous manquons d'air vital
Dans ces bas-fonds impurs, peuplés d'âmes serviles.
On y sent la prison, le bagne et l'hôpital.

LES HIRONDELLES.

Du haut des vieux palais, du haut des cathédrales,
Nous admirons pourtant de beaux cygnes mondains
Qui, ne méprisant pas nos riches capitales,
De Vienne et de Paris décorent les jardins.

LES CYGNES.

Ceux-là, nos chères sœurs, sont nés dans l'esclavage...
Si nous donnons l'éveil à leur instinct sauvage,

S'ils entendent passer nos troupes d'émigrants
Qui jettent comme un bruit de clairons dans les nues,
Ils rêvent aussitôt de grèves inconnues,
Et, redressant la tête, ils trouvent les cieux grands...

Ils ont senti leur âme et leur fierté revivre...
Pris d'une sainte fièvre, ils brûlent de nous suivre...
Nous les voyons d'en haut quand ils prennent l'essor.

Leur pauvre aile engourdie, et qui tremble d'abord,
Comme une voile enfin largement se déploie...
Ils montent... de lumière et d'air pur enivrés.
Nous les encourageons par de longs cris de joie,
Et chantons l'*hosanna* des cygnes délivrés.

(1er juin 1856.)

CHAMP DE BATAILLE.

CHAMP DE BATAILLE.

A M. ERNEST CHRISTOPHE.

Les braves dorment bien dans cette immense plaine.
Pas de saules pleureurs, pas de mornes cyprès...
Ce n'est qu'un terrain vague où vient la marjolaine,
La bruyère et l'ajonc. — Mais là, cent ans après,
Filant à pas songeurs leur quenouille de laine,
Les filles du pays, d'un long regard pieux,
Salueront le champ calme où dorment les aïeux;

Et diront : « Par milliers, dans ce grand cimetière,
Pâtres et laboureurs, sans linceul et sans bière,
Tous frappés par devant, se couchèrent un soir...
Ils avaient accompli saintement leur devoir.

Ils ont laissé leurs fils héritiers de leurs âmes, [mes,
De beaux hommes vaillants qui nous prendront pour fem-
Des gens riches de cœur et dont les bras sont forts.
De leur baiser hardi nous serons toutes fières...
Nous aurons des enfants dignes des anciens morts
Dont le grand souvenir plane sur nos frontières. »

(10 février 1859.)

REQUIEM.

REQUIEM.

A M. JULES LEVALLOIS.

I

Il était autrefois de hardis écumeurs
Labourant de la mer la grande solitude.
La récolte manquait souvent aux laboureurs.
La mer était avare, et la vie était rude.
Quand ils buvaient leur grog, le grog était gagné.

Ceux-là n'arrivaient pas à la décrépitude.
Ils n'avaient pas un cœur docile et résigné.
S'étant faits souverains pour ne pas être esclaves,
Ils ne mouraient pas vieux, mais ils mouraient en braves.

Quand ils avaient au plus cinq ou six ans régné,
Un beau jour de combat, ces coureurs d'aventure
Recevaient au flanc gauche une grande blessure
Qui rougissait la mer d'un flot de sang vermeil,
Tandis qu'eux rendaient l'âme aux clartés du soleil.

Ils expiraient vainqueurs, les jeunes rois des ondes;
Au plus brave ils donnaient couronne et gouvernail,
Puis s'en allaient dormir sous les vagues profondes,
Peut-être sur des bancs de perle et de corail.

II

Il était autrefois de béats personnages,
Qui, voisins de la mer, n'en quittaient pas le bord;
S'endormant chaque soir à l'heure où l'oiseau dort,
Ils sommeillaient, bercés par le bruit des orages,
Entre quatre bons murs, faisant des rêves d'or.

Ils rêvaient aux débris que laissent les naufrages.

Au lever du soleil, ils couraient aux rivages,
Et là, de leurs deux mains, ramassaient leur trésor.

Leur vie était bien douce ; ils mouraient de vieillesse,
Léguant tout leur avoir à d'honorables fils
Qui leur faisaient chanter de beaux *De profundis*,
Et payaient de grand cœur les cierges de la messe.

Et la myrrhe et l'encens répandaient leurs parfums...

La porte à deux battants d'un riche cimetière
Toute grande s'ouvrait aux opulents défunts,
Qui s'en allaient pourrir les planches de leur bière.

III

Il était autrefois de hardis écumeurs...
Il était autrefois de vieux thésauriseurs...
Aimez-vous mieux les uns, préférez-vous les autres?[nôtres.
Paix aux morts! Paix aux morts! Ces temps sont loin des

A UN POËTE.

A UN POËTE.

Tu peux dormir enfin, pauvre homme de génie!
Ta mémoire ici-bas sera longtemps bénie
Par tous ceux que ta voix de poëte a charmés,
Par les cœurs pris d'amour sans espoir d'être aimés.

Les femmes connaîtront la place où tu reposes;
Plus d'une y répandra des larmes et des roses.

Dors en paix, dors en paix, grand homme tourmenté. —
La Grèce d'autrefois t'eût compté pour un sage,

Toi qui, pleurant du cœur, souriais du visage,
Des sots contemporains richement insulté.

Tes insulteurs pourront vivre un siècle. — Qu'importe! —
Leur tour viendra : les sots ne sont pas immortels.
Il faudra, tôt ou tard, que la Mort les emporte.
Au jour dit, elle ira droit à leurs grands hôtels. —
Elle entrera chez eux sans demander la porte.

Leurs pieux héritiers embaumeront leurs corps;
L'Église étalera ses vaniteux décors,
Et de gros barytons, de leur voix magistrale,
Feront, en *ut mineur,* trembler la cathédrale,
Dont l'écho souterrain geindra funèbrement.

La foule curieuse, aux trottoirs de la rue,
Se rangera pour voir passer l'enterrement;
Puis, le caveau fermé, la foule disparue,
Ils resteront bien seuls sous leur froid monument,
Où l'on aura sculpté des regrets symboliques.

En romaine carrée, en longues italiques,
Leurs noms et leurs vertus seront éclatants d'or.

Mais qui s'inquiétera de leurs sottes reliques,
En voyant le tombeau du poëte qui dort?

(15 septembre 1857.)

AUX RÊVEURS.

AUX RÊVEURS.

A M. LANSYER.

S'il plaît aux voyageurs du beau pays des rêves
D'aborder par instants notre monde réel,
Ainsi que des marins débarquant sur les grèves,
Ces fervents amoureux de la mer et du ciel

Trébuchent... leur pied veut des houles éternelles...
Ils sont habitués au roulis des vaisseaux.
Il faut l'horizon vaste au jeu de leurs prunelles,
Faites pour mesurer le grand désert des eaux.

Nés pour la vie errante, ils ont la nostalgie
Des mondes ignorés et des cieux inconnus ;
Poursuivant une image en leur âme surgie ;
Ils sont toujours partants et jamais revenus.

CHEMIN PERDU.

CHEMIN PERDU.

A M. DAUBIGNY.

Je sais une vallée au fond des bois paisibles
Où la mousse déroule un tapis de velours.
De parfums enivrés par des fleurs invisibles,
Les ramiers à mi-voix s'y content leurs amours.

Des grands hêtres touffus le dôme séculaire
En interdit l'entrée aux regards du soleil,
Ne laissant tamiser qu'un jour crépusculaire
Qui du chevreuil craintif enchante le sommeil.

Dans les ravins ombreux se plaisent les pervenches
Et les myosotis, fleurs d'azur au cœur d'or.
Un nymphæa lustré mire ses roses blanches
Au limpide miroir d'un étang bleu qui dort.

Tous les échos sont pris d'un sommeil léthargique :
Ils gardent le silence aussi profondément
Que les anciens échos de la forêt magique
Où, cent ans, a rêvé la Belle au Bois dormant.

Je n'ai vu qu'une fois cette vallée heureuse,
Dans ma vingtième année, et guidé par la main
D'une petite fée, une blonde amoureuse...
Seul depuis, je n'ai pas retrouvé le chemin.

(10 juin 1859.)

PAYSAGE D'HIVER.

PAYSAGE D'HIVER.

A M. ARSÈNE HOUSSAYE.

Décembre est revenu dans la pluie et la bise,
L'eau du ciel a troublé le miroir des étangs;
Les peupliers frileux s'y regardent longtemps,
Ne reconnaissant plus leur image indécise.

Plus de feuilles aux bois; pas un oiseau dans l'air. —
Voilà presque deux mois qu'elles sont disparues,
Les grandes légions des cygnes et des grues,
S'en allant à plein vol aux pays d'outre-mer.

Là-bas, entre les rangs clair-semés des vieux aunes,
Des saules contrefaits, des ormes rabougris,
La rivière, ondulant sur un triste fond gris,
Traîne ses flots marneux comme des rubans jaunes.

Le dernier laboureur a quitté les sillons :
Il a jeté son grain aux terres labourées.
Lasses comme les gens, les bêtes sont rentrées,
Ainsi que la charrue et les grands aiguillons.

Dans les marais dormants la plaine est inondée. —
Si dans les arbres nus la rafale s'éteint,
Un autre bruit s'éveille à l'horizon lointain :
C'est un bruit continu d'écluse débordée.

Les chemins sont déserts... Pas un être vivant...
Les brebis aux flancs creux qui vont à l'aventure
Brouter le terrain vague et de vaine pâture,
Ne se risqueraient pas dans la pluie et le vent.

Aux lisières du bois pourtant quelqu'un chemine :
Son fagot sur le dos, un bûcheron voûté
Dispute à la bourrasque un haillon tourmenté
Qui de son vieux corps grêle abrite la ruine.

Il songe que voilà le soixantième hiver
Qu'il traîne sa misère aux vents froids de ce monde,
Et qu'il sera couché dans sa fosse profonde
Le jour où la forêt s'habillera de vert.

FLEURS DES EAUX.

FLEURS DES EAUX.

A HENRI HARPIGNIES.

Le clair ruisseau des bois dit aux fleurs de ses rives :
Belles que j'aime à voir,
Dans l'abandon charmant de vos grâces naïves,
A mon discret miroir;

Ah! je voudrais lutter contre mes destinées,
En arrêtant mon cours;
Et, vous enveloppant de mes eaux fortunées,
Baiser vos pieds toujours.

Le soleil, loin de vous, mes fraîches riveraines,
Accomplit son grand tour,
Sans percer le rideau des saules et des frênes
Qui vous filtrent le jour.

Jamais un coup de vent n'a froissé vos toilettes.
A peine si, la nuit,
En passant par les bois quelques brises follettes
Vous effleurent sans bruit.

Je vous comprenais bien, filles des solitudes
Qui vous penchiez sur moi,
Suaves de parfums, rêveuses d'attitudes.
Je pars. — Dieu sait pourquoi.....

Adieu, fleurs d'or; adieu, fleurs d'azur, fleurs de neige.
J'ignore où je m'en vas.
En pays inconnu, sans vous, que deviendrai-je?
Vous ne le savez pas?

Au moins, si je pouvais emporter votre image!
Mais je vois bien que non.
Je vous sens disparaître, au début du voyage.
Laissez-moi votre nom.

L'HOTELIER DE SAINT-HUBERT.

L'HOTELIER DE SAINT-HUBERT.

A GEORGE SAND.

I

Les anciens voyageurs, qui marchaient assez vite
Quand cinq gros Percherons galopaient à la fois,
En Lorraine, trouvaient bonne table et bon gîte
Au bord d'un grand chemin allongé dans les bois.

C'était à Saint-Hubert. — On voyait en peinture,
Sur l'enseigne, un chasseur et sa meute en arrêt
Devant un cerf dix-cors portant dans sa ramure
Une croix lumineuse éclairant la forêt.

Les chevaux et les chiens, les valets et les maîtres,
De cette antique auberge ont gardé souvenir.
L'arche du grand portail et les dix-huit fenêtres
D'un quart de lieue au moins vous regardaient venir.

En hiver, en été, nuit et jour, maison pleine :
Voiturins, berlingots, charrettes de rouliers ;
Feutres à larges bords, bonnets de haute laine ;
Messieurs en botte fine, et gens à gros souliers.

Le banquier de Paris, le richard des provinces
Parfois y rencontraient de grands ducs étrangers.
Dans les jours solennels, quand il passait des princes,
On ouvrait les salons à rideaux ramagés.

Le piéton qui montait sous le vent des cuisines,
Aspirant leurs fumets chauds et réparateurs,
De loin s'orientait de toutes ses narines,
Et d'une jambe ailée arpentait les hauteurs.

Sous un manteau noirci de vieille cheminée,
Riche en volaille blanche, et riche en venaison,
La broche, accomplissant jour et nuit sa tournée,
Jusqu'au foin des greniers embaumait la maison.

Le plancher, trahissant la profondeur des caves,
Rendait comme un son creux. — Les vins lampants du Rhin,
Le bourgogne héroïque et les bordeaux suaves
S'étageaient dans la paix d'un triple souterrain.

Tout au fond des jardins, des chambres pacifiques
Abritaient de grands lits où le voyageur las,
Comme un cygne bercé par des flots séraphiques,
Nageait dans le sommeil ouaté des prélats.

II

Hasard, fatalité, destin ou providence!
Les mots importent peu. — Grandeur et décadence,

Inséparables sœurs, se tiennent par la main.
Où se croisaient hier des bruits de multitude,
En silence aujourd'hui trône la solitude...
Il suffit d'un passant qui change de chemin.

Dans toute sa longueur la route est bien déserte...
Pas même un cantonnier. — Dans les flaques d'eau verte
Débordant les fossés, barbotent les canards.
Le roseau ne craint pas d'y planter sa quenouille;
Et, n'entendant plus rien à l'entour, la grenouille
Y hasarde parfois ses râles goguenards.

Le maître de l'auberge est au seuil de sa porte,
Épiant tous les bruits qu'un souffle d'air apporte
Des grands chênes d'amont, des peupliers d'aval.
Dupe de l'espérance, il tend l'oreille... il doute
S'il ne reconnaît pas au tournant de la route
Une chaise qui roule ou le trot d'un cheval.

Rien... le jour passe.... rien, dans la campagne morne,
Qu'un vieux berger, là-bas, qui souffle dans sa corne,

Pour se garer des loups en maraude le soir;
Des jurons de porchers rentrant de la glandée,
Et des cahots lointains de charrette attardée,
Aux lisières des bois cheminant sans rien voir.

Le sommeil ravivant l'espoir de sa journée,
En songe il entrevoit l'auberge illuminée,
Projetant comme un phare une riche lueur,
Éblouissant la nuit une lieue à la ronde...
En bas, la foule attend... Pour accueillir son monde,
Il saute à bas du lit, ruisselant de sueur.

En chemise, pieds nus, il court à la fenêtre;
Cette fois c'est un bruit facile à reconnaître :
Hennissements, grelots et fouets de postillons.
Il se penche en dehors, tout ruisselant... Vain leurre!
Pas l'ombre d'un vivant. — La bise rit et pleure,
Et la lune en plein seuil étale ses rayons.

Dès le matin il monte, ainsi que la sœur Anne,
Aux lucarnes... pour voir comme l'oiseau qui plane;

Et, par-delà les champs rougeâtres de sainfoin,
Les vieux pans de forêts dont les cimes ondoient,
Les terres de labour, les grands prés qui verdoient,
Et la rivière bleue, il aperçoit au loin

Un viaduc géant bâti d'une seule arche...
Rasant les parapets, quelque chose est en marche
(Comme un long serpent noir dont l'œil est un éclair);
Vomissant en arrière un torrent de fumée,
Avec la grosse voix d'une ogresse enrhumée
Et d'irritants sifflets qui s'aiguisent dans l'air.

Par ses nouveaux chemins, c'est le monde qui passe.
Le pauvre homme regarde... et, quand sa vue est lasse,
Il descend à travers ses ténébreux salons;
Ces hauts appartements comme son cœur sont vides.
Comme un fou, par saccade, il marche à pas rapides;
Il semble qu'un écho s'attache à ses talons.

III

Le maître n'a voulu ni démolir ni vendre...
Sa femme, n'ayant pas le courage d'attendre,

La première s'en va dormir sous les cyprès...
Et lui, trouvant plus froide alors la solitude,
Comme les vieux enfants sevrés d'une habitude,
S'éteint (mal dégrisé d'un rêve)... un mois après.

LA DERNIÈRE ÉTAPE

LA DERNIÈRE ÉTAPE.

A M. BURGAUD DES MARETS.

Quand un grand fleuve a fait trois ou quatre cents lieues,
Et longtemps promené ses eaux vertes ou bleues
Sous le ciel refroidi de l'Ancien Continent,
C'est un voyageur las, qui va d'un flot traînant.

Il n'a pas vu la mer, mais il l'a pressentie.

Par de lointains reflux sa marche est ralentie;
Le désert, le silence, accompagnent ses bords.

Adieu les arbres verts. — Les tristes fleurs des landes,
Bouquets de romarins et touffes de lavandes,
Lui versent les parfums qu'on répand sur les morts.

Le seul oiseau qui plane au fond du paysage,
C'est le goëland gris, c'est l'éternel présage
Apparaissant le soir qu'un fleuve doit mourir,
Quand le grand inconnu devant lui va s'ouvrir.

TABLE.

TABLE.

www.ingramcontent.com/pod-product-compliance
Ingram Content Group UK Ltd.
Pitfield, Milton Keynes, MK11 3LW, UK
UKHW022109190726
13855UKWH00002B/752